U0087132

淡水詩情

陳秀珍詩集

詩中有戲
──陳秀珍組詩建構的特色

莊金國（詩人）

　　陳秀珍，出生於台中大肚；大肚地名，源自平埔帕瀑拉（PAPORA）族大肚（Tatuturo）社。2016年9月1日淡水初晤，發現她鼻挺、大眼、眼窩深，頗有平埔後裔的輪廓特徵。

　　就讀淡江大學中文系時，她偏愛李白的詩和李清照的詞，曾模仿習作傳統詩詞，收錄在以筆名林弦出版的第一本詩集《林中弦音》第三輯「古典抒情」，從中可以看出尚未建立自己的風格。

　　1998年開春，忽然起心動念學新詩，於是到台灣師範大學通識教育中心選修「現代詩創作」課程。在前輩詩人李魁賢循序漸進引導及鼓勵下，嘗試以白話文創作，居然愈寫愈順，於同年四至六月間完成詩作189首，其後分成「林中」、「弦音」兩輯，加上「古典抒情」，合成《林中弦音》詩集，延至2010年1月推出，作者簡介中，自認「缺乏

耐性，習以短詩記錄生命中的風景」。

　　值得注意的，從傳統詩詞轉型現代詩，她每常藉同一題材，發揮聯想，擴展為組詩規模。其中，難免有部分衍生類似同質性語境，卻也會蹦出令人眼睛一亮的意象蛻變，譬如〈冬〉之二：

　　　　為了歡迎雪

　　　　樹葉

　　　　讓出了

　　　　整座山

　　「影子」組詩五首，環環相扣如動畫，或隱或顯內心的波折，甚至對立衝突。在之三、之四兩首中，透過使用工具（相機、錄影機、湖或鏡）與否，前者終究追索不出真相，只得繼續「猜」下去，後者「為了／不想一輩子費心去猜」，抱持工具無用論，影子照樣「一路緊緊相隨」糾纏著，無法擺脫。也許，影子的本質，已在之二第二節結尾兩行：「黑暗即是她的／本色」，透露端倪。

　　陳秀珍用心經營組詩，追求更細致深入而具宏觀遠見的架構，2016年1月出版的第二本詩集《面具》，以「落葉」組詩33首最能代表其創作意圖。《林中弦音》裡的小型組

詩，感性抒情成分較濃，「落葉」組詩則融入知性與感性，
筆下帶有感情，兼具思想見識，顯現走出小我框限，正視現
實以及歷史境遇，如第21首：

　　和平
　　不過是個
　　假象

　　在一片
　　點頭和搖頭
　　對質中
　　在
　　秋風嚴酷
　　鞭打中

　　拔除
　　一片一片
　　變色的思想

　　我走在
　　一張斑駁的落葉流亡地圖

此詩前四節各三行及第五節兩行，原由一句話，斷與連成三或兩行，若予以還原，將使詩句張力鬆散，當機立斷採取分行型式，不僅呈現煥然一新風貌，且能突顯兩者之間的緊張關係和詭譎冷肅氣氛。

很明顯的，詩人賦予落葉扮演台灣歷史演變中的弱勢族群角色，一再被外來政權欺瞞、分化、迷惑、刑罰甚至拔除等種種恐嚇壓迫下，導致思想起變化，意志力動搖，失去自我主張，接受當次等國民的威權體制。

一片斑駁的落葉，猶如一張「流亡地圖」，這樣逼真的比喻，對於曾經出走流寓異域，有家歸不得的台灣鄉親，頗能反映其切身感受而心有戚戚焉。

組詩之外，陳秀珍選擇的題材相當多，好奇心催促她靈感的觸鬚，似乎「無所不至」。且看〈晚報〉，從「一大清早／大人物習慣／攤開報紙檢視」，暗自慶幸「只有其他大人物的惡行／見報」，既然事不關己：「那就繼續貪污、炒股、包庇……無所不至吧」，毫不修飾的直白，暴露官商大人物貪得無厭的共犯結構。到了下午：「哎呀／爆啦／是顆超級原子彈呢」，本尊突然躍上晚報頭版，其他大人物依然幸災樂禍袖手旁觀。詩人乃以「不是不報／是……／『晚報』啦」作結，揶揄、諷刺到極點。這種大快人心的嘲弄筆調，十足展現其嫉惡如仇的處世態度。詩人也者，莫不是飽食人間煙火的庶民，對引發社會爭議的事件，不宜自視清

高，保持緘默；沉默大眾，往往助長為惡者氣焰。

　　《面具》之後，陳秀珍詩興大發，每參加一次國際詩會交流，就催生出組詩專輯，連遭遇車禍骨折，身心內外交迫，備受磨難之苦，亦不忘藉詩排遣，盡情抒懷。9月1至7日在淡水舉辦的福爾摩沙國際詩歌節，得知她尚未痊癒，之前已經寫了數十首骨折詩，9月3日當晚又詩成〈練習上樓梯〉：

　　　我還在練習
　　　如何使用骨折的右腳
　　　如何使雙腳和諧行進

　　　右腳和左腳
　　　像你我的新關係

　　　右腳急著學會等待
　　　上樓梯時
　　　禮讓左腳先踏出

　　　　害怕被你看到
　　　　我走樓梯
　　　　進退失據

但願

你整天都看不見我

　　巧合的是，淡水行前，剛讀過日本作家曾野綾子回憶錄《晚年的美學》（姚巧梅譯，天下版），第一輯「賢者」即提到「我在六十多歲時，曾在墓地摔了一跤，右腳骨折」，接著說明骨折情形及過程：「摔跤時，我生平第一次聽到自己骨折的聲音，如同樹枝折斷了一般。看到跌倒後的腳，變形成宛如馬腳似的怪異模樣──腳後跟骨頭脫臼而倒轉，腳趾頭則轉向後面去了。」從上引片段描述，予人細膩、生動、有趣之感；或許事過境遷，曾野綾子保持平常心，冷靜看待自己當年突發的狀況。

　　〈練習上樓梯〉前兩節，舖陳雙腳在平地緩步互動調適的情況。第三節出現準備上樓梯的畫面，心情頓感緊張，受傷的右腳「急著學會等待」，等待呈現的停滯姿態，就是為了「禮讓左腳先踏出」，靜動之間，陳秀珍運用「急著」與「禮讓」這兩個動詞，帶動戲劇化。第四、五兩節，語帶羞怯，我見猶憐，內心戲十足。整首詩的表現，簡潔有序而富于變化。

　　淡水詩會結束後不久，陳秀珍便寄來《淡水詩情》影本。坦白說，個人還處於回味階段，她已然收穫滿倉了。

這本詩集分成兩輯。第一輯六首,寫於詩會前,可見她已準備就緒。第二輯50首的前13首,都是在詩會期間深夜熬出來的,其他37首依序自9月8至18日完成。以淡水為主軸布局,延伸相關題材,締造自己18天成詩50首的盛產紀錄,比較容易重複出現的場景時態,是淡水暮色。

　　《淡水詩情》第一輯第六首,即以〈淡水暮色〉為題。詩名來自傳唱數十年的台語歌,葉俊麟所作歌詞,描景敘情貼切感人,深植台灣子民的腦海中,形成淡水特色的印象。

　　第二輯之〈等待暮色〉,前三節醞釀等待暮色如等待情人的氛圍,很有層次感,四、五兩節,分別出現詩句「溶入淡水暮色」、「曾經像淡水暮色」,有嫌套用,失去創意。

　　文學誠是苦悶的象徵,骨折後遺症併發在〈你笑的時候〉和〈藥水〉。先看前者第四節:「癢比痛難受/思念比癢/更癢」,因流於概念化,缺乏親炙其間差異的連結。同樣有骨折經驗的已故詩人錦連,於〈石膏腳與秋天〉最後一行,如此訴說:「腳趾頭上有高速公路的車群像工蟻般地在趕路」,整句詩並無癢字,卻令人深刻體會那種癢極了的箇中滋味。

　　〈藥水〉將女詩人顏雪花贈送的一瓶中藥水,轉化為蘊涵悲憫情懷的文字,促使自己藉「日日寫詩」來療傷止痛;不斷寫詩,也可以分享讀者。整首詩結構嚴謹,兼具移情作用。

同屬贈品，〈詩人送我一塊石頭〉雖涉及本人，就詩論詩，陳秀珍靈活運用這塊石頭為歷史舞台，使得詩中有戲，劇情關乎台灣歷代子民，饒富寓意：

詩人送我一塊可愛的石頭
或許幾經輾轉才到我手中

外形像我熟悉的島嶼
我土生土長的土地
一見她
我馬上喊出她的名字
台灣

她像一塊
人見人愛的殖民地
在不同統治者手中
也許被叫過好幾個
不屬於她自己的名字

若你看到我
卻呼喊她人名字
我必定馬上轉身離去

叫對我的名字

是愛我的第一步

　　從一塊石頭的長相──像台灣，聯想先來後到這塊土地
討生活者所經歷的坎坷命運。石頭變身歷史現場，輪番上演
各種劇碼，今昔對照，喚醒台灣意識抬頭，不甘再接受名不
副實的稱謂。全詩句句語意真摯，節奏輕快流暢，顯示對台
灣充滿了信心。

　　順此交代這塊石頭的來源，印象中，是在鳳山的雞母
山發現撿回收藏。我有蒐集圖案石的癖好，具有台灣意象的
石頭，不管拾得或購置，每常愛不釋手玩賞。偶爾也會轉
贈有緣人，正如此詩首節第二行所云「或許幾經輾轉才到我
手中」。記得曾有一劉姓山友暨石友，送我一顆酷似台灣，
不，簡直維妙維肖的台灣石，至今還捨不得轉予他人保管，
自覺玩石等級差人一大截。

　　對我來說，〈詩人送我一塊石頭〉是意外迴響的難得
經驗。對陳秀珍而言，此詩造詣堪稱《淡水詩情》壓卷之
作，她結合鄉土草根與台灣自主意識，但未使用強烈宣示的
字眼，採取以退為進、以柔克剛方式，寫出「叫對我的名字
／是愛我的第一步」這樣特具女性親和魅力的詩句，迎向未
來。可不是嗎，她在〈矛盾〉詩末自我加油打氣說：「我想

要／趕快走出圍牆／找回自己的步調／與平衡感」，不妨拭目以待其早日實現。

2016年10月7日寫於鳳山

【自序】

淡水詩情情未了……

　　感謝詩人莊金國老師為我寫序！請他寫序當時，只預定出版【輯一】淡水暮色、【輯二】等待暮色，所以這篇序是針對這五十六首而寫。為了撰寫這篇序，他細讀了我已出版的詩集《林中弦音》、《面具》，以及散文《非日記》。精闢序文，為詩集增光；嚴謹態度，值得我學習。

　　我非意識先行詩人，寫詩一向即興。《淡水詩情》能獨立成書，是意外。2016淡水福爾摩莎國際詩歌節後，我寫了二十多首淡水詩；感謝李魁賢老師一句：「若能寫到五十首，就出一本詩集。」於是我前後花了十八天時間，〈淡水詩情〉組詩繁衍成五十首。對我，這是創紀錄。其後又意外寫出六首，沒料到會「淡水詩情情未了……」。

　　《淡水詩情》原定2017年初出版，不料延至2018，其間又經過2017淡水福爾摩莎國際詩歌節，於是把2017所寫淡水

詩一併輯入。

最後詩集呈現：

【輯一】（2016.04.12～2016.05.06）2016淡水福爾摩莎
　　　　國際詩歌節之前寫的六首。

【輯二】（2016.09.01～2016.09.18）2016淡水福爾摩莎
　　　　國際詩歌節後所寫五十首。

【輯三】（2016.09.23～2016.10.04）五十首後接續寫出
　　　　的六首。

【輯四】（2017.01.20～2017.12.06）2017年所寫。

【附錄一】數首翻譯詩，其中〈島與海〉目前已有英
　　　　語、西班牙語、義大利語以及阿爾巴尼亞語
　　　　四種譯本。

【附錄二】〈走詩淡水──2017淡水福爾摩莎國際詩歌
　　　　節紀要〉。

【附錄三】〈如山似水──像山的企業家‧似水的詩人
　　　　Aminur Rahman〉。

　　我第一次為台灣的一個定點寫出一本詩集，淡水真不愧
為詩的故鄉，感謝她的好山好水，給我源源的靈感，我很認
真祈禱她不再被怪手迫害，好讓人們因她而成為詩人，好讓
國內外詩人為她留下更多詩篇！

目次

──附錄─

2016.04.12 ~ 2016.05.06

夜間上課

背李白杜甫
從台北到淡水
坐一段列車
爬百階好漢坡

瞬間埋入海底的
夕陽
是一粒
時間種子

氣喘吁吁走進教室
把李白杜甫
放下
夜間上課開始

牧羊草坪
有蟲唧唧

不守秩序

喞喞復喞喞

現代詩句

不守規矩

2016.04.12

時間的船

船
把人渡往何處？
船上
夕陽如一枚大紅燈
命令現實暫止步

有人想偷渡
回返舊時舊地
時光之舟
不肯回頭

一朵曇花
開在淡水暮色
夜讀
時間的船
把人渡往何處？

2016.04.12

夕陽

白日
留給天空
一枚緋紅唇印
你
留給我
一句諾言

被海藍色手絹
輕輕擦拭
唇印轉瞬成泡影
卻又悄悄浮現
午夜夢的海洋

夢境
是海市蜃樓

偏偏有人相信

擁有第二朵夕陽

2016.04.12

淡水

淡水小鎮
住在蔚藍天空下
依偎綠色海洋

火車運走一節一節舊時光
捷運列車搬來一波一波新人潮

我青春的舞步
曾踩亮淡江大學宮燈大道

馬偕讚歎過的夕陽
如今在漁人碼頭垂釣
人群如魚聚集

觀音依舊堅持仰臥峰頂
迎接你遠道來獻詩

甚麼是淡水小鎮幸福時光

不是舊時光

不是新時光

從右岸渡到左岸

從花落走向花開

和你並肩走進時間迷宮

將是我此生

最美好時光

2016.04.12

島與海

走在鬧街
感覺自己是一座小小浮島

如果你也是
一座浮島
請和我連結
成為一片景深無限陸地

如果你是一個
神祕海洋
與我有同樣節拍
請用你雙臂
圈成我堅實海岸

每當流淚過多
我感覺自己變成一片死海

如果你也是一個海

請和我連結

成為一片汪洋

激起不停舞蹈的浪花

如果你是一座孤島

我請求你住在我的海洋

稀釋我滿懷憂傷

我貝殼的耳朵

要傾聽你

甜蜜耳語

2016.04.15

淡水暮色

天空是不起浪的海洋
海洋是流浪的天空

夕陽迷航
誤認海洋是黃昏的故鄉

天空和海洋
逐漸溶為一個
東方女子眼色

你身影
逐漸向我眼睛
靠岸

不要懷疑
你並未迷航
在我浩瀚思念的海洋

2016.05.06

2016.09.01 ~ 2016.09.18

從零開始

讓一切從零開始

讓我們
像未曾相遇
未曾擁抱
共同的記憶

你把熱帶陽光
灑進我午夜夢裡
我以為
這是我此後天氣

2016.09.01

走向你

一滴眼淚
掉進河裡
不知大海在哪裡

淚眼無法丈量
你我之間
距離
卻還是跛著腳走向你

陽光
照亮一朵雲
的孤寂

2016.09.01

金色水岸

黃昏
我獨自前往
原本想和你共享的
金色水岸

沿途有些新建物
佔領天空
像對你的思戀
遮蔽我的視野
擋去正在召喚我的
風景

夜間
我再度來到河邊
對岸觀音頻頻點燈
點燃我的懸念

身旁夜遊者

像波浪

湧來湧去

沒有一個是你

我正在練習

使心成為

一個沒有神的神殿

2016.09.01

知道不知道

我知道　你在這裡
你知道　我在這裡

我不知道
你心裡在想甚麼
你知道
我心裡在想甚麼嗎

在白天　在夜裡
在醒時　在夢裡
在這裡　在那裏
我們是陌生人
最陌生的戀人

一朵雲
投下

一片初秋
哀愁的陰影

2016.09.02

練習上樓梯

我還在練習
如何使用骨折的右腳
如何使雙腳和諧行進

右腳和左腳
像你我的新關係

右腳急著學會等待
上樓梯時
禮讓左腳先踏出

　　害怕被你看到
　　我走樓梯
　　進退失據

但願

你整天都看不見我

2016.09.03

無法逃離

不逼視太陽
避免眼睛灼傷

不抬頭凝視月光
以免心裡感傷

不直視獵人
以為
可避免成為狩獵對象

不直視獵物
卻無法逃離獵場

2016.09.04

等待你來

在陽台
遲遲等不到日出
或許這裡
並非日出的東方

向西山等待日出
向東海等待日落
在這裡我等待你

終於
太陽來了
原來東方陰雲欺騙眼睛
眼睛用鋒芒
鑿開雲團

2016.09.05

像你說愛我一般不真實

早餐時在樓梯巧遇

中午在大廳相遇

晚間去河邊

人潮中似乎閃過你背影

我遇到你的次數

比我夢見你的次數少

你忘記我的次數

比我夢見你的次數多

我夢見你

就像我骨折一般

真實

我見到你

像你說愛我一般

不真實

2016.09.05

你在這裡嗎

我以為

我一直在這裡

直到女詩人[1]當面問我

妳在哪裡

對你微笑　不代表我在

眼睛看你　不代表我在

和你擁抱　不代表我在

曾經

你在　我不在

我在　你不在

有時候我選擇

你在的時候　我不在

你不在的時候　我在

如果

你在　我也在

那是神聖時刻

2016.09.05

---

[1]　突尼西亞女詩人赫迪雅（Khedija Gadhoum）。

女人山[1]

一隻不會唱情歌的
蟬
藏在樹蔭
暗戀鳳凰木

鳳凰木
站在高處
眺望對岸女人山[2]

女人山
散發水柔情
隱藏火烈性
酷愛日光浴
更愛吐雲霧

讓男人凝望成樹
讓男人山嫉妒

男人山³

站在東方癡癡看

黎明時日出

給女人山看

2016.09.06

等待暮色

清晨
口紅覆蓋蒼白雙唇
睫毛膏掩飾失眠雙眼

白天
我怕陽光
暴露我
心思意念

當我遺忘
我正在等待暮色
觀音已在對岸
悄悄點燃千百盞燈

雞蛋花香溶入天空
我溶入暮色

無邊暮色

給我無限安全感

你的懷抱

曾經像淡水暮色

2016.09.06

Good-bye！

從 Nice to meet you！
到 Good-bye！

淡水詩歌節
我的耳朵
裝滿英語西班牙語
我的舌頭
比不上鸚鵡
只有在夢裡
我也能說西班牙語和英語

Good-bye！去年秋天的約定
Good-bye！我對你的誤讀或誤譯
Good-bye！你的身影我的朗讀
Good-bye！殘酷的時間
Good-bye！我的濃濃思念
　　　　　你的祕密依戀

Good-bye！Good-bye！
Good night！殘酷又仁慈的
　　時間

2016.09.06

糊掉的戀情

如赴你邀約
夜夜我到河邊
像一座小小浮島
游移金色水岸

一陣急雨
萬箭齊發
優雅漫步的女人
抱頭奔逃

有的臉
彩妝依舊
黏住五官
像不肯放手的戀情

有的臉
彩妝像糊掉的戀情

等待女人猶豫的手
擦拭

愛情
可不可以
是一張不須化妝
能自由呼吸的臉

2016.09.07

縮小自己

你用放大鏡

還找不到

大合照裡的我

或許不是鏡頭的選擇

害怕相機

看穿我心事

不知何時開始

我把自己一再縮

小

有人舉起相機

鏡頭伸到我眼前

我便巧妙隱藏

名片般小臉

我時常

把側影留給相機

把背影留給你

我用詩篇

向你自我介紹

我的文字

就是我的特寫鏡頭

2016.09.08

藥水

女詩人[1]送我一瓶中藥水

教我把骨折的大腿

瘀傷推出體外

心在胸腔

嚴密護衛中

卻比袒露的四肢

脆弱

或許

文字能化為

醫治心傷的藥水

因此我日日寫詩

夜夜熬煉

在瀰漫藥水香味的淡水

初秋

2016.09.09

說不完

一張春天的臉
活在風雪瀰漫的人間

落葉一聲嘆息
比滿山蟬鳴撼動我心
一滴忍不住的眼淚
比一朵笑臉更加感動我的眼睛

我寧可
你的人生
沒有吸引我的淚水
我的筆
不用再奮力翻轉妳的悲劇

淡水風情
將陪伴我一生

繼續思索
存在的意義

淡水啊
淡水
請為我敞開
神話的星空

2016.09.09

紅樓有夢

紅樓有夢

在淡水

站上五虎崗

欣賞日落

船在金色水面

犁出一條白色航線

鳥在山間

畫出回巢歸線

夕陽晚霞用繁複顏彩

招待詩人多情眼睛

女詩人[1]用相機

為我留下日落淡海的天空

觀音站在遠方相看

看到一身紅衣

古典美女

沉醉淡水夕陽的

紅樓和紅樓裡的你

不知道自己

也成為淡水風景

你眼中美景

除了淡水

還有在紅樓作夢的我嗎

因為你也在紅樓

我聽到

令我臉紅的心跳聲

2016.09.10

---

[1] 女詩人林鷺。

你笑的時候

你笑的時候
我不笑

骨折痛入骨髓
看到你笑的時候
竟痛徹心肺
神醫也開不出對治藥方

在我不笑時
你能感應
我傷口的癢嗎

像毛毛蟲蠕動傷口
癢比痛難受
思念比癢　更癢

2016.09.10

我用冷色系

我也用冷色系

縮小自己

碎花洋裝少了兩隻腳

躺在行李箱

渴慕我的香水味

你用暖色系

彰顯自己

觀音山必然看見你

淡水河必定映照你

夕陽必定為你彩妝

鳳凰花迎你來

送你離去

我偷偷寫詩

餞別你

淡水沒有一朵花

肯為我的傷別

褪色

2016.09.10

我一再逃避

我一再逃避

你閃電的眼睛

怕閃電之後

眼睛忍不住下雨

我已習慣

讓眼睛每天放晴

這樣

才不會傻傻分不清

是天空讓我下雨

還是我讓天空流淚

在美麗山水中

在多情小鎮裡

在練習擁抱

親吻的詩歌節

我們原該並肩

走進時間迷宮

在初秋陽光下

在微雨老街中

在美好的時光裡

我反覆練習

離開你

我的一邊是你

一邊是我不斷求助的神

神啊

聽說祢大過人

的困境

2016.09.11

在水色天空下

在水色天空下
眼睛像兩條好奇游魚

你可以輕易分辨
誰是同一種魚
誰喜歡相同氣味
誰喜歡不同風景

食物鏈中
小魚命中注定
逃避大魚獵食
我是一隻小魚
隨時警戒逃命

你
是庇護我
還是翻覆我的礁石？

2016.09.11

詩人送我一塊石頭

詩人[1]送我一塊石頭
或許幾經輾轉
才到我手中

外形像我熟悉的島嶼
我土生土長的土地
一見她
我馬上喊出她的名字
台灣

她像一塊
人見人愛的殖民地
在不同統治者手中
也許被叫過好幾個
不屬於她自己的名字

若你看到我

卻呼喊她人名字

我必定馬上轉身

離去

叫對我的名字

是愛我的第一步

2016.09.12

---

[1] 詩人莊金國。

愛情學分

我曾在淡江大學宮燈大道
擁抱李白舉頭望明月
在教室學習李清照
依照格律填寫古典惆悵

重返母校
我以一個詩人身分
用現代語言
寫觀音山淡水河
和台灣

淡水提供偶像劇場景
我卻始終沒機會修愛情學分
看到同學在愛裡生情裡死
我並沒有
比她幸福或不幸的感覺

如今以一天時間
我返校重修愛情學分
想要忘掉你
像教淡水河逆流

沒有公式的愛情
比微積分還難修
誰能告訴我
淡海是不是也愛淡水河

2016.09.12

新的一頁

時間翻到新的一夜

手卻無法翻頁

我還在反芻

你曾費心寫給我的情詩

時間走入初秋

我還停留

在你為我寫詩的春天

不知道你已走到哪一座橋

我連你的背影都望不見

即使我不斷把自己縮小

成為你詩集的書籤

只要你心中有我

我必定成為你

愛情的地標

像女人山

永遠是淡水的焦點

眼睛的甜點

2016.09.12

詩歌節像謬斯短暫逗留

詩歌節不肯為我停下腳步
我一直聽到時光飛逝
我一邊緊緊抓住回憶
一邊汲汲追緝
不回心的時間

詩歌節像謬斯短暫逗留
在詩歌節惜別晚會尾聲
我讀一首歡迎印度詩人的詩
很像戀情結束
腦中還在不停迴響
對方深情告白

用一整年時間
等待七天相聚
風雨中淡水時光
無限淒美

我們卻各自走進時間迷宮

並未在思念的轉角

相逢

2016.09.13

再寫一本情詩

戲中舊時代新女性
故意掉手帕
使心儀的男主角
撿到一段愛情或婚姻

我在新時代
手持自己的詩集
如果我在你面前
故意掉詩集
你會興奮撿起
還是選擇放棄？

也許你撿起詩集
僅憑詩人照片
決定要不要作者簽名
和贈書

或許你不是

我最死忠的讀者

我卻執意

在淡水為你寫一本情詩

2016.09.13

白露

節氣進入白露
動物開始囤積過冬糧食
我囤積回憶的柴薪
助我度過
無法迴避的漫漫寒冬

我不知
你如何度過冬季
或許
你的世界只有發燒的豔陽

我如何告訴你
我活在一個極端氣候
我的冬天
越來越冷
越來越長

2016.09.13

過敏

腿傷開始發癢

夏秋之交

聽說是一個過敏時節

我在喧嘩聲中

恍惚聽見你耳語

穿過夢的帷幕

我的眼睛看見你微笑

夕陽光有你暖香的觸感

不知名花朵散發你的體香

我眼迴避你

我心想要忘掉你

你卻顯現一尊神的形象

祢無所不在

祢佔領我
心的神殿

2016.09.13

詩路情路

詩句鋪成一條相逢的路
我丟下枴杖忍受骨折疼痛
詩人[1]坐上輪椅忍受摔傷
參加國際詩歌節

詩路
通往情路
也是情路的退路

在情路閱讀福音：
沒有人能侍奉兩個主
因為他不是恨這個愛那個
就是忠於這個輕視那個[2]

若有選擇
我願與你走進荒野

不願獨行

在步步花香詩路

若無選擇

我當專注

一步一步

走好漫漫詩路

2016.09.13

---

[1] 孟加拉詩人Aminur Rahma。

[2] 馬太福音6:24。

微笑

詩人¹從蒙娜麗莎的微笑
讀到
我不曾讀到的憂傷

我從雨中觀音山的微笑
讀到
以前未曾讀到的哀傷

攝影機的眼睛注視我時
我獻出曇花一笑
消瘦的臉
笑意也消瘦了嗎

從我微笑
你讀出
未曾讀到的訊息嗎

我不問蒙娜麗莎為誰憂

不問女人山為誰消瘦

讓蒙娜麗莎永保神祕

讓女人擁有自己的祕密

2016.09.14

---

[1] 孟加拉詩人Jahidul Huq。

我向天空祈禱

我向天空祈禱
向大地許願

不想讓眼淚掉下
就抬眼望向天空
天空隨時展現包容
他容許雲彩佔領
容許飛機切割
他歡迎星星寫神話
只要抬頭就能看見天空的
遼闊

不想成為哀痛的樹
就邁開腳步
向前走

堅持不回頭
能使腳變堅強

2016.09.15

香水

我帶兩瓶香水到淡水
一瓶藍色
一瓶白色

你記得舊香水味嗎
你會忘記新香水味嗎

明明想忘掉你
想讓你忘掉我
為什麼還帶舊香水
舊香水會在新時光發酵嗎

香水應當帶來愉悅
我的香水卻散發愁味
難道我的香水
不是提煉自忘憂花？

汗水蒸發

留下巧克力顏色

香水味蒸發

是留下回憶

還是蒸散所有記憶

2016.09.15

颱風

昨夜風狂
掃落一地樹葉
聽說淡水
災情沒有台北嚴重

清晨清潔工掃盡落葉
公園阿勃勒茂盛綠葉
搖晃幸福金色秋陽
像颱風不曾來襲

你是春天強颱
掃過要害
我心底落花
越掃
越多

2016.09.15

中秋

今夜
會不會有月光

像每一年中秋節
傍晚開始
台北街頭巷尾都在烤肉
要把夕陽烤成月亮
中秋的味道
是烤肉的味道

離開淡水一周
開始懷念
常獨自去散步的金色水岸

淡水沒有我
不會有絲毫不同

沒有淡水的我
如沒有月亮的中秋

今夜
你在哪裡
和誰擁抱
金色滿月

我闖進
文字原始森林
和你相遇
淋了一身
月光

2016.09.15

中秋夜

我從末和你畫過
同一個月亮
中秋節的月亮
是天空最美麗的過客

眼睛穿梭
黃昏曲曲折折街巷
不為尋找你
你不在這裡
除非我們此刻重返淡水
你我不會看到
同一輪明月

其實
我不知道
今晚有沒有月亮
你不是

多年前

為我唱月光小夜曲的人

2016.09.15

颱風過後

颱風過後
不再聽到
糾纏好幾個月的蟬唱
樹林忽然變成
情歌紀念園區

詩歌節過後
不再聽到
纏綿幾世紀的情詩

此刻冥想
耳中分明聽到
淡水蟬聲
蟬聲中糾纏你朗讀的情詩
甜蜜情詩
我卻聽到幾分悲傷

2016.09.15

是甚麼聲音呼喚

是甚麼聲音呼喚
我走向月光

今晚月圓
未被雲偷咬
我無法向你描繪
那色彩的神聖

遊走城市邊境
秋蟲正在舉行夜間音樂會
群蟲合唱
秋夜的寧靜

腳下不時有蝸牛
使我想起曾在淡水尋找貝殼
身在雜樹林

還要時時被喚醒

大海的記憶

蜘蛛偽裝月亮

佈下密密祕密情網

有人分不清愛上愛情

還是戀上人

我分不清

踩著月光還是燈光

2016.09.15

翻轉

曾經

我用微笑

翻轉你的世界

你用詩句

翻轉我的創世紀

現在

我用一支筆作支點

試圖翻轉

我的世界

在我的世界

你那麼重

我不知道

要用多少個象形文字

才能翻轉

這個越來越沉重的世界

2016.09.16

文字森林

文字森林
給我綠意
紅花和芬多精

我一個人
藏在密林
深呼吸
尋找祕境
森林給予我
予取予求的自由

我就蒐集花樹種子
努力種樹造林
以防因你而受傷時
能有一片庇護我的
無邊深林

你是我的
最重要樹種

2016.09.16

文字海

一個文字
一滴水

字生文
成為一片
浩瀚文字海

克服對水恐懼
我用自由式
游去和你相會

朝朝暮暮
你的文字
是我最甜的一瓢水

2016.09.16

淡水第一街

淡水第一街
躺在淡水斜坡
像一條臍帶
連接我和淡水
也像
故事開頭第一行文字

薜荔伸出纖長的千手
擁抱廢墟牆面
沒人比薜荔更手護古蹟

導覽員細說淡水歷史
我化身黑貓
爬上露天荒廢階梯
看到一片雜草
比我先站上陽台

欣賞女人山與淡海
而且不打算離開

該離開的
是我
那裏沒有我的位子
而且是雜草比我先說
愛

2016.09.16

殘缺

人們還在留戀
中秋節
空氣瀰漫濃濃烤魷魚味

我還在留戀淡水
和詩歌節
我每一個呼吸
每一個字
殘留淡海味

淡水河也留戀
被晚雲擁抱的夕陽
在我們見證下
淡水河映照
一點一點殘缺的夕陽

在我眼中

殘陽和淡水河

融合得完美

無缺

啊

如此殘缺

如此美

戀情如夕陽

因殘缺而絕美

2016.09.16

難以分辨

難以分辨
男人山或女人山
尤其暈船時
上陸
天地猶在旋轉
人心猶在蕩漾

女人山
在某一個角度
最像觀音

身在山裡
看不見山外貌
身在山外
看見女人山
擁有許多面目

照片裡

各種面向的你

有些角度看起來

不像你

我該退到哪一年

哪一天

才能看見

最真實的你

2016.09.17

沉默

在詩歌節
我嘗試丟棄枴杖
骨子裡仍有丟不掉的
痛

在我需要扶持時
你毫無猶豫
交出雙手
我因此得知
你有火熱溫度

不需言語的時候
是神聖時刻

我心中潛藏
男人山岩漿
我學習女人山

在你面前
展示絕對沉默的力量

2016.09.17

內心的真實

香蕉健康的黃皮膚

長出褐斑點

正是香蕉成熟

可口時

我溫柔

撥開黃皮膚

乍見

沉默表象下的真實

香蕉甜美身軀

呈現

一片一片瘀傷

我不忍

深入探究

香蕉柔弱的

女人心

2016.09.17

同船

想不到
我們可以同在一條船
共享淡水暮色

因為船
我們有了同一方向和目標
因為喜愛船外吹風
你到艙外
成為船上風光

我堅守船內
觀看和你反向的風景
我看到一些陰影

那時刻
夕陽正在一點點
一點點殘缺

天空正在一點點
一點點失血

我躲進暮色
極力避免
成為你的景點
我要使你眼目
成為兩口無效陷阱

2016.09.17

糾纏

一直被想要忘掉你的念頭糾纏

清醒時想要忘記你

恍惚時想要忘記你

睡夢裡想要忘記你

走路時想要忘記你

坐著時想要忘記你

吃飯時想要忘記你

我把詩歌節衣服收起來

把你詩集藏起來

我想要把你的聲音抹消

把你的影子趕跑

我不想要一直

一直被想要忘掉你的念頭

糾纏

我把想要忘掉你的念頭

日夜

不斷

不斷向自己宣告

2016.09.18

矛盾

詩歌節一結束
我忍不住用詩句
連結淡水
連結你

其他時間
我在四壁之間
來來回回
用骨折的腳
拚命練習走路

我想要
趕快走出圍牆
找回自己的步調
與平衡感

2016.09.17

錯位

一隻貓咪

窺見鏡中

一隻貓咪

拚命要把貓咪拖出來

隔一片透明玻璃

我們一個門裡

一個門外

被相機特寫

有人以為我們之間

沒有矗立

一道悲傷的牆

有張照片

明明我和你

有段無法跨越的距離

相機卻把我倆

擺在一個甜蜜位子

我無心演戲

也缺少劇情裡的情緒

相機無意中

為我們編了一齣

張力十足偶像劇

未經彩排的內心戲

一隻貓咪

還在用力

要把鏡裡的貓咪

拖出來

2016.09.17

寫五十首詩來忘掉你

我預計

寫五十首詩來忘掉

曾經和我在淡水的你

詩已寫到盡頭

該畫下句點

空氣中飄來烤肉味

有人還在留戀中秋節

冬天總是會來

像春天總是花開

淡水河總是入海

沒有你

像冬季

少掉一件火紅外套

五十首詩

文字應該足夠

織成一件詩織品

為我抵擋

北台灣嚴冬極端氣候

2016.09.18

淡水詩情——陳秀珍詩集

——— 2016.09.23 ~ 2016.10.04 ———

淺水灣

淺水灣沙灘

我想像中小沙漠

有不畏鹽分爬藤

爬成甜美綠洲

開出艷麗花朵

午後

沒有樹的海岸

形成炎熱地帶

我低頭像駱駝

馱負心事馱到焦渴

你的詩篇原該是我的

甘泉

想留下一行腳印詩

讓妳用腳印來詮釋

明知這是一場白日夢

我還是止不住
吃力走過綿長沙灘
回頭發現自己錯過
一場海灘詩歌朗讀

你不會知道
我為你偷偷寫下多少
對大海的
愛

2016.09.23

遺忘之旅

我以為重返淡水

是情感過敏療法

詩歌節結束

我又返回殼牌倉庫

聽一次故事

搭一次淡水文化街車

我在遺忘你的路上

處處撿拾到你的腳印

我永遠記得那天

大海對夕陽

唱哀愁之歌

我也發現

我的腳並無想像中堅強

秋風初起

我在返回台北路上

還是努力

想要忘掉你

2016.09.26

最好的位子

新書發表會前
殼牌倉庫椅子
一排一排站好
迎賓隊形

事先沒人知道
將坐哪個椅子
或許頑皮的上帝
早將每個名字寫上去
我沒有第三隻眼
無從背叛上帝旨意

哪裡是最好的位子？
不是燈光最亮的椅子
你是一顆
過熱的小太陽
靠近會灼傷

詩歌節結束了

詩人坐過的椅子

還癡癡站在照片中

與我對看

不捨得離開

2016.09.30

帽子幻想曲

在真理大學教士會館
妳[1]為我戴花帽
為我畫微笑肖像

戴上花帽瞬間
有變成花貌少女的錯覺
有蝴蝶
四面八方來朝拜的幻覺

萬一我等到的是
一隻蒼蠅
我會欣喜
蒼蠅品味高於蝴蝶

摘帽瞬間
也把想要變成蝴蝶的念頭
摘下

等待妳完成畫像期間

帽子又飛來我頭上

避冬

像一隻戀舊的紫斑蝶

2016.09.30

白樓

一面牆[1]
把我帶進故事現場

白樓
比紅樓早二十年[2]
站上淡水烏啾埔[3]
紅白番仔樓互相輝映
白樓若是書生
紅樓必是佳人

矗立於平房中
二層樓靠近星星近一點
四面拱廊陽台
盡覽觀音山與淡海
與畫家遙望

住過北台灣第一個台籍牧師[4]
曾是航運辦公所

曾淪為隔間出租大雜院
曾經烈火焚身

1993年
讓路
給咆嘯的馬路
波斯形山門、屋內壁爐
藏進地誌書

一條街是一行詩
一間房子是一個象形字
刪掉白樓的詩句
呈現甚麼詩意

2016.09.30

1　畫有包括白樓的故事牆，在淡水鎮三民街30號。
2　在1875年。
3　五虎崗之第一崗，昔稱「烏啾崗」。
4　馬偕博士初到淡水所收的第一個學生嚴清華，後來成為北台灣第一
　　個台籍傳道師及牧師。

再會

大自然天籟也換季

夏蟬唱盡纏綿曲

深夜蛙鼓蟲鳴

微涼秋風裡

我們的詩歌節

結束了

我即將整理行囊

飛往另一片

詩流域

我的行李裝不下你

晦澀的詩意

我即將面對

一個低溫詩歌節

我有厚重冬衣

要塞進限重行李箱

再會吧　淡水
再會吧　你

昨夜
淡水河又偷偷游進夢裡
像一行
朦朦朧朧詩句

2016.10.04

2017.01.20 ~ 2017.12.06

九月淡水

詩歌節

我們用腳閱讀

九月淡水

地圖

殼牌倉庫展詩書

人像走出海報在藝術工坊玻璃寫詩

紅樓白樓輝映一面長長故事牆

觀音臥看金色水岸白色情人橋

紅毛城紅透半邊天

歸鳥在重建街上數落日

淡水暮色悄悄溜進戀愛巷

越過馬偕頭像

造訪一滴水紀念館

雲門大樹蟬鳴

頑固伴奏朗讀

滬尾砲台偕醫館史詩

我們將重返淡水
在教士會館讀史
在淺水灣寫詩
馬偕最後的住家
願是我未來的家

2017.01.20

日落淡水

在淡海的
鏡面
照見自己

夕陽
忍不住
一步一步墜入
比自己美麗的倒影

岸邊
一排燈
一起點亮眼睛
解救不了
陷落的夕陽

或許

有人正在海的另一面

撈起太陽

2017.03.12

多田榮吉故居[1]

草木擁護

一棟紅檜日式住宅

多田榮吉面窗

面對淡水河

觀音山靜坐

紅鐵門

生過時間的鏽

水龍頭

是否滴過台灣第一滴自來水

子彈

吻過天花板留下二戰碎片

日本女詩人

端坐整修後客廳榻榻米

教導南美詩人日本禮儀

台灣花卉

綻放日本花道

我在蟬噪中聞到

寂靜

2017.03.14

非假日漁人碼頭

魚　回歸魚群
人　回歸人海

雙腳可以任性
追風
在臨海木棧道
在漁人碼頭

沒有千百人
和你搶奪一顆夕陽
不會有人海
擱淺漁人碼頭

平日
來到漁人碼頭
海口為你吹開
塵封的毛細孔

海浪數算淡海心跳

夕陽邀請你看她

表演落海戲碼

2017.03.15

金色水岸夕照

金色魚群湧現
淡水海口
漁夫用魚網
網不住

千萬條金項鍊
浮現河面
大手小手搶撈
撈不著

一匹金絲巾
輕貼水面
詩人想掀開
看有沒有美人魚
在唱歌

金色水岸

黃金

最終歸於煉金術士

夕陽

2017.09.28

看見觀音

觀音
隨著流光更換顏彩
隨著角度幻化形相

隔岸觀觀音
我揣摩觀音容貌
在凝視中
在自由心證中
觀音從混沌
漸漸成形
漸漸呼吸

沒有千手的你
比手畫腳
教沒有千眼的我
觀看觀音五官
用你的方式

我聽不到觀音心跳
觀音藏在觀音山

原以為
你膜拜的
我求告的
是同一尊觀音

2017.09.29

Dalila[1]在淡水

妳在忠寮社區

雙目被彩衣女子佔據

她服飾艷如秋花

如妳Berber族

妳在海關碼頭

夕陽下

感受神似妳故鄉

卡薩布蘭卡水岸風情

妳在淡水

處處遇見北非

熱情的太陽

妳彈性肌膚樂於被他

金牙輕咬

妳在淡水土壤

種一株以妳為名桂花樹

種下一個

不須遠別的夢

妳走在金色水岸

走進觀音眼目

我看見我心目中

淡水第一景

2017.09.29

---

[1]　摩洛哥女詩人Dalila Hiaoui。

觀音山

觀音
躺在山陵
毛細孔流汗
流到羊水般淡水河

觀音
千手化成千風
吹過妳臉
吹過春夏秋冬
吹向西吹向東

觀音
千眼化為繁星
醒在黑色天空
墜入你如湖眼波

2017.09.30

種樹1
──在淡水忠寮社區

初秋
栽種一棵
以你為名桂花樹
盤根　思念

中秋
金風搖動
無邊思念
一排桂花細枝
為每一陣風寫一行詩
桂葉葉葉化蝶翼
不知你的天空在哪裡

深秋
月光敲開千戶門窗
詩情飄流桂花巷
詩人桂花樹

等你循香前來

相認

2017.10.01

種樹2
──在淡水忠寮社區

因你親手栽

親口祝福

冠上你姓名

一棵樹

不同於千千萬萬棵樹

數十棵詩人桂花樹

比鄰桂花巷

醞釀桂花香

與百齡人瑞隱居忠寮

享受不盡陽光雨水

人情味

桂樹佇立

在鄉親迎你來

列隊送你別離的新詩路

天天為你複習

你觀賞過的風景

最難忘的美景

是你

漸漸貼近的眼睛

2017.10.01

新北投驛

人來人往
車來車往
車站不動如大屯山
站著送往迎來

不動的火車站
還沒站到海枯石爛
被移動到彰化
經歷人間離合

悲歡
新北投人
站在火車站舊址
如火車站
迎接被遷徙的老友

老車站

像卡榫

卡回原鄉新北投

心臟

2017.10.02

榕堤黃昏1

老榕
半垂流蘇
綠葉簾幕

榕堤
是島嶼的
一扇古典門窗
開向
夢幻海洋

太陽
收束刺眼光芒
裝成紅月亮
為妳打光做特效

多少金星
歡樂浮沈金色水岸

聽你
獻詩給馬偕
最後的故鄉

2017.10.07

榕堤黃昏2

老榕彎身
遮蔽
比他更古老的天空

榕堤
像一個偷窺世界的
孔洞

遊客穿梭如魚
春風化為秋雨
西語荷語日語穿梭
不息

孔洞
框住
多少顆旅人與遊子心

框不住

偷窺孔洞的夕陽

2017.10.07

淡海

光芒四射金睫毛
落海
化為千萬碎鑽
紅眼球
向水面搜救

海鳥一聲尖叫
紅眼球墜海
路燈紛紛睜亮眼睛協尋
紅眼球已成
淡海暗夜珍藏

海洋是一艘超重
老海盜船
風中搖晃

2017.10.07

老梅石槽1

火山礁岩不斷被沖刷

意志薄弱份子

紛紛被浪捲走

留下意志堅定如聖徒者

形成海岸奇異溝槽

意志堅定的溝槽

能留住甚麼

海水來來去去

雲影三心二意

海鳥停棲又遠去

看海人不斷更新面孔

唯有海藻

至死不離不棄

2017.10.07

老梅石槽2

烈陽愛海藻
海藻愛石槽

烈陽
中秋還在為愛加溫
海藻
用終將被曬乾的肢體
擁抱永不枯爛的石槽

海藻死去
殘骸硬化
一層薄薄石灰質
化為新海藻生命的土壤
一死一生
愛　蔓延
成就春天翠綠石槽

2017.10.07

老梅石槽3

浪花犬牙

來回啃咬

岸邊火山岩

咬掉多少年

終成奇特溝槽

浪花口水

來回噴濺

滋潤火山岩

綠藻柔化頑石表情

活化頑石生命

海浪亢奮

張開一隻隻白花花巨翅

掩蓋翠綠石槽

過客抱怨海浪霸占石槽

海浪辯稱以肉身捍衛

以冤過客以愛為名

踐踏

人見人愛的老梅石槽

2017.10.07

詩與歌
──真理大學開幕音樂會

我為詩
反覆推敲
最忠於心的每一字

作曲家
為詩的每一字
在五線譜尋找
不卑不亢位子

女高音
從被神祝福的金嗓
湧出波浪
起伏情緒

鋼琴家
敲擊

綿長海岸線
用一排黑白琴鍵

一曲〈金色水岸〉¹
激發我心
萬頃波浪

2017.10.08

1　作曲：嚴琲玟。女高音：周美智。鋼琴：李偵慈。

樂器樹
──竹圍工作室

沿牆生長

奇異樂器樹

纏靠牆壁

如稀世藤蔓

如復育植物

被嚴加保護

脫離地面

擺脫慘遭淹水噩夢

像藝術家

每日蓄積不死能量

一面鼓

等待誰出手

用生命捶出

裂岸驚濤

2017.10.08

再別淡水

打開窗簾
再看一眼淡水
用眼睛錄下
最後一段影片
我看見列車
被時間的滾輪
死死追趕

留戀花季
捨不得結蒴果
一棵台灣欒樹
綠浪中抒情
如詩人
傾吐星花

一首詩
一個路標

把妳引渡淡水
引向秋天
桂花巷

再別淡水
雨季驟然降臨
眼睛垂下一層
濛濛
水簾幕

2017.10.10

追尋

獨行幽暗密林
你祈求一盞星光
點燃你心中太陽

獨行幽暗密林
我點亮心中太陽
以尋找一點星光

黑夜漫漫
你我相逢在無邊深林
你成為
導航我的神祕星光
我成為
你看不見的朝陽

2017.10.10

老梅海邊朗詩
——在莎拉蜜咖啡庭院

詩人如浪

朗誦

波波衝擊我

如岸之心

貝殼豎起耳朵

感動

一杯咖啡

小口小口入喉

化為情詩

十三行

我舉杯邀不到

如糖夕陽

風把暮色攪入海水

大海漸漸成為一大壺黑咖啡

天空俯身下來
淺嚐

2017.10.11

金錢樹
——台北藝術大學裝置藝術[1]

一棵金錢樹

竄出地下室

一圓銅板一枚一枚

疊高樹幹

瘦過竹竿

不知要長到幾樓

才滿足

一圓銅板助長

樹直往物慾天堂長

吃慾望

長慾望

散發不出芬多精

開不出詩花瓣

身心失去平衡感

用全身銅臭

拚命散發錢香

過重慾望

最終會不會

壓垮樹

2017.10.18

1　淡水福爾摩莎國際詩歌節安排出席的國內外詩人9月23日參觀北藝
　　大關渡美術館，當時有李明學個展「好多事量販」。

玻璃詩1

愛思辨的字

被手關進

一格一格監牢

字在裡面哭笑

不哭不笑或又哭又笑

放封的字

被解放的字

初時

不習慣無拘無束

向玻璃自白

越獄的字

在透明稿紙無拘無束

飛舞

心情如波浪

起伏

我也從四面圍牆走出

面對一面如鏡玻璃牆

與字

同步呼吸

同步雙人舞

夕陽閱畢玻璃詩[1]

透明心思

熄燈

反思

2016.10.08

---

[1] 在淡水藝術工坊玻璃窗寫詩。

玻璃詩2

面對玻璃寫詩
不知該寫哪一段
詩句留存讀者心中
會不會
比這個秋天長

在立面玻璃運筆
艱難
有人專注寫下一段
過時情感
有人幻想寫下
下一段情感

妳在玻璃默書
一段沒有主詞的詩
畫面映在
一面祕密玻璃窗

在透明玻璃

寫不透明詩

心變成

易碎玻璃

2017.10.08

玻璃詩3

玻璃牆內

咖啡蛋糕花草愛情

滿室生香

玻璃牆偏愛詩香

夢到被字紋了一身

獻給愛詩人

詩人握筆

筆鋒沾滿夕陽光

寫序詩

獻給玻璃牆

月

朦朧詩句

留下詩意

2017.11.26

舞蹈

在雲門劇場朗讀詩
風不斷拉扯我
千絲萬縷長髮
頑強抵抗風
最終演成一場
激情頭髮舞

人生劇場
幾度強颱
不斷拉扯我人生
想要挺進的腳
不斷與風對抗
抗爭姿勢
充滿舞蹈張力

筆
記下抵抗事跡

抵抗的血液

滲入貧血的字句

2017.12.03

石牆仔內

面對青春大屯山

百年三合院

住進多少故事

玉蘭依舊

堅守庭院

在季節裡開

　　　　落

光影流動

鋤頭書頁間

山風翻讀

多少史蹟與詩集

入秋變成有聲書

三合院外大壕溝

保護家族與牲畜

防禦小土匪

防禦不了

時光與島國失竊

長短腳歇息

在一個老時鐘

擱淺時間

在哪一年哪一天？

喚醒記憶

一點一滴

攪進黑咖啡

咖啡滲進哪一代穀

香

2017.12.06

附
錄
一

淡水詩情——陳秀珍詩集

〈淡水〉（英語）

Tamsui

Translated by Kuei-shien Lee

Under the blue sky
Tamsui the township
nestles among the green ocean.

The train transported away the old time a little by little.
The MRT[1] brings in the flocks of tourists in waves.

My youth dance steps have polished
the lanterns avenue in Tamkang University.

The sunset admired by Rev. Mackay[2]
now fishes by the Fisherman's Wharf.
The tourists flock as fishes.

Guanyin[3] has been insisting to lay on the mountaintop
in greeting you from a distance to dedicate poetry.

What is the happy time in Tamsui

is neither the old time

nor the new age.

From right bank to the left,

from flowers withering to blooming,

I accompany with you side by side into a time labyrinth,

in this way to keep the best time

surely in all my life.

2016.04.12

---

1 MRT is abbreviated from Mass Rapid Transit, the metro system in
   Taipei area.
2 Rev. George Leslie Mackay (1844~1901) was the first Canadian
   Presbyterian missionary to Formosa on 1871 New Year's Eve and
   then have lived in Tamsui all his life.
3 Guanyin, the Bodhisattva of Compassion or Goddess of Mercy
   (Sanskrit Avalokiteśvara).

〈島與海〉（英語）
Island and Sea

Translated by Kuei-shien Lee

Walking along the downtown street
I feel myself as a small floating island.

If you are also
a floating island,
please connect with me
to become a land with unlimited scenery.

If you are
a mysterious ocean
having same beats as mine,
please embrace my solid coast
with your arms.

Whenever weeping too much
I feel myself becoming a dead sea.

If you are also a sea
please connect with me
to become a vast expanse of waters
swashing waves in dance ceaselessly

If you are an isolated island
I invite you to reside within my ocean
to reduce my sadness.
My ears of seashells
will listen to your
sweet whispers.

2016.04.12

〈島與海〉（西班牙語）

Isla y mar

Translated by Khédija Gadhoum

Caminando por las calles del centro de la ciudad
me siento una isla flotante.

Asimismo si usted es una isla flotante,
haga el favor de conectarse conmigo
si en inagotables paisajes quisiera moverse.

Pero si usted resulta ser un océano insondable
que tiene latidos parecidos a los míos,
haga el favor de enlazar mi ribera
firmemente con sus brazos.

Cada vez que me vence la tristeza y lloro,
me siento como si fuera un mar muerto.

Si usted también es el mar
haga el favor de conectarse conmigo,

y nos convertiremos en profundas aguas
que sacuden sus olas al ritmo del baile,
sin tregua ,
y cantándole a la luna.

Si usted es una isla solitaria
le invito a morar en mi océano
Para menguar mi pena.
De caracolas mis oídos
percibirán sus
dulces susurros.

〈島與海〉（義大利語）

Isola e mare

Translated by Ginseppe Napolitano

Camminando lungo la strada che va in città

mi sento come una piccola isola galleggiante.

Se anche tu sei un'isola galleggiante

unisciti a me per favore

per diventare una terra di orizzonti sconfinati.

Se tu sei un oceano misterioso

che ha gli stessi miei battiti

abbraccia per favore con le tue

braccia la mia costa compatta.

Quando per il troppo piangere

mi sento diventare un mare morto

se anche tu sei un mare

unisciti a me per favore

per diventare una vasta distesa di acque

sciabordio di onde che danzano e cantano senza

sosta

salutando il plenilunio

Se tu sei un'isola solitaria
ti invito ad abitare nel mio oceano
per smorzare la mia tristezza
Le mie orecchie di conchiglia
ascolteranno il tuo
dolce mormorare.

2016.12.01

〈島與海〉（阿爾巴尼亞語）
Ishull dhe det

Translated by Alfred Kola

Në rrugë në qendër të qytetit shëtis
ndihem si ishull i vogël që pluskon.

Nëse je edhe ti
ishull pluskues,
bashkohu të lutem me mua
të bëhemi tokë me peizazh pakufi.

Në je
oqean misterioz
që ke rahje të njëjtë si unë,
përqafo të lutem bregun tim të gurtë
me krahët e tu.

Sa herë qaj me dënesë
ndiej se bëhem det i vdekur

Nëse je edhe ti det
bashkohu të lutem me mua
të bëhemi hapësirë ujore pafund
me dallgë shkumbuese në këngë e valle shpenguar
tek mirëpresim dritën e hënës.

Nëse je ishul i veçuar
eja të rrosh në oqeanin tim
të pakësosh trishtimin tim.
Veshët e mia guackorë
do dëgjojnë
të ëmblat përshpëritje.

2016.12.01

〈九月淡水〉（英語）

Tamsui in September

Translated by Kuei–shien Lee

During poetry festival
we read the map of
Tamsui in September
by feet.

Poetry books exhibition was held in Shell Warehouse.
The figures of poets stepped out of the posters
to scribe their own poems on the panes in the art
gallery.
Red and White Houses reflected on a long story wall.
Lying Guanyin watched the golden waterfront and
white valentine bridge.
Fuerte de Santo Domingo spread red brilliants over half
sky.
Returning birds counted the sunset on reconstructed
street.

Twilight in Tamsui quietly slipped into Love Lane

passed over the head statue of Rev. Mackay

visited A Drop of Water Memorial House.

Cicadas on the big trees in Cloud Gate Theatre

chipped insistently in company with recital of the poetry

about the Hobe Fort and Mackay Mission Hospital.

We shall return to Tamsui

to read history at the Missionary House

to write poems along Repulse Bay.

I wish the Mackay's final resting place

will be my future home.

2017.01.20

〈日落淡水〉（英語）

Tamsui Sunset

Translated by Kuei–shien Lee

The sunset watches itself
from the mirror
on Tamsui sea surface.

The sunset
cannot help drowning
step by step into the reflection
that more beautiful than its own.

Along the shore
the lights in row
lighten your eyes together
but cannot rescue
the drowning sunset.

It is probable

the sun being savaged

on other side of the sea.

2017.03.12

附
錄
二

走詩淡水
──2017淡水福爾摩莎國際詩歌節紀要

　　籌備一整年的2017淡水福爾摩莎國際詩歌節，2017.09.21
在淡水登場。其間策劃人李魁賢老師與淡水文化基金會無數
次會議商討細節，在資金窘迫下克服萬難。

　　在國際詩壇擁有聲望的策劃人李魁賢老師廣邀國際詩
人，為吸引詩人來台，還辛勤為詩人們翻譯該國詩人合輯或
個人專輯。至於每年詩歌節前與會詩人的詩合輯《詩情海
陸》與詩歌節後《福爾摩莎詩選》，已成本詩歌節特色。去
年詩歌節後的《福爾摩莎詩選·2016淡水》，收集國內外詩
人詩寫淡水超過百首，使淡水成為名副其實詩故鄉。基金會
則努力籌措資金，艱辛程度超乎想像！

　　去年詩歌節前李魁賢老師就提議在淡水捷運站辦詩展，
基金會執行秘書顏神鈦今年使此一夢想實現。此創舉令國
外詩人格外興奮，其讚頌淡水詩篇，深深觸動淡水人心！淡

水攝影師賀錦希望未來國際詩歌節能留在淡水年年舉辦，他說：「最近大家常說讓世界看見台灣，淡水國際詩歌節就是提高台灣能見度的好方法！」

今年參與的國外詩人11國14位，國內詩人16位。

國外詩人：Alicia Arés（西班牙）、Angelo Torchia（義大利）、Agnes Meadows（英國）、Ati Albarkat（伊拉克）、Bina Sarkar Ellias（印度）、Carlos Augusto Casas（西班牙）、Dalila Hiaoui（摩洛哥）、Dragana Evtimova（馬其頓）、Gabriella Elisha（以色列）、Khedija Gadhoum（突尼西亞）、Sujit Mukherjee（印度）、Margarita García Zenteno（墨西哥）、Olivera Docevska（馬其頓）、Ricardo Rubio（阿根廷）。

國內詩人：李魁賢、李昌憲、林武憲、林盛彬、林鷺、張月環、張德本、陳秀枝、陳秀珍、陳明克、蔡榮勇、楊淇竹、謝碧修、顏雪花、利玉芳、簡瑞玲。

為配合學校，詩歌節從暑期的9月1日改為學期中的9月21開始。

第一天2017.09.21（四）
文化街車－詩書發表會

與李魁賢老師攜帶要贈送詩人的詩集，搭計程車提前到淡水亞太飯店迎賓。一入大廳，雙目即被詩展吸引！

15：50，淡水文化基金會兩部文化街車，載已抵達國內外詩人遊賞五虎崗。在地導覽員深情導覽，知性感性兼具，要讓詩人對淡水有概略了解。文化街車終點在淡水文化基金會所在的殼牌倉庫。

　　去年詩書展暨新書發表會也在淡水文化園區─殼牌倉庫C棟藝文展演中心，今年詩展擴大規模移到捷運站、亞太飯店與藝術工坊三處。因此殼牌倉庫有了更大空間，大致分三大區塊：主視覺牆為背景的新書發表會、以秀威出版為主的新書展、佛朗明哥舞表演區塊。

　　詩書發表會暨國內外詩人見面會，見到久違的外國詩人，美夢成真，內心激動，自然趨前相擁。

　　本次詩書發表會共計10位詩人12本詩書。

　　秀威出版社：

　　1.《為何旅行》，林鷺詩集

　　2.《忘秋》（Forgetting Autumn），林鷺英漢雙語詩集。

　　3.《不確定的風景》，陳秀珍詩集

　　4.《保證》（Promise），陳秀珍漢英西三語詩集。

　　5.《夏荷時節》，楊淇竹詩集。

　　6.《存在或不存在》（Existence or Non-existence），李魁賢漢英雙語詩集。

　　7.《遠至西方──馬其頓當代詩選》（Far Away to the

West），Olivera Docevska編，李魁賢漢譯。

8.《伊拉克現代詩一百首》（100 Iraqi Modern Poems），Ati Abarkat 編，李魁賢漢譯。

印度出版：

1.《融合》（Fuse），Bina Sarkar Ellias 英漢雙語詩集，李魁賢漢譯。

2.《露珠集》（Dewdrops），Sujit Mukherjee 英漢雙語詩集，李魁賢漢譯。

西班牙出版：

1.《台灣心聲》（Voices From Taiwan）西漢英三語詩選，出版者Alicia Arés，李魁賢編，Khedija Gadhoum 西譯。

英國出版：

1.《牆上的光》（The Light on the Wall），阿格涅·梅都思Agnes Meadows 英漢雙語詩集，李魁賢漢譯。

　　柔美燈光下，王一穎選的〈阮若打開心內的門窗〉樂聲反覆不斷，新書發表會格外詩意！會中由在地藝術團體「精靈幻舞」舞者薛喻鮮詮釋兩支佛朗明哥舞蹈，力與美的肢體語言讓人眼睛一亮！

　　迎賓晚宴席設亞太飯店春漾廳，豐盛菜色，擺明要抓住外國詩人的胃！

第二天2017.09.22（五）
真理大學開幕式－紅樓詩會

每天早上定時9點大廳集合，行程結束大約晚上9點，詩人善用早餐時間請眾詩人簽書。

詩歌節10點開幕，在真理大學財經學院國際會議廳。校長林文昌、世界詩人運動組織亞洲區副會長李魁賢先後致詞後，我上台朗讀〈九月淡水〉、李魁賢老師朗讀〈我的台灣我的希望〉。

Angelo Torchia的10分鐘演唱會熱力四射，是開幕式一大亮點。

11點，副校長蔡維民在精彩專題演講中用神賞賜的好歌喉，唱出對神的渴慕。

中午在教士會館午餐，餐後參觀教士會館珍藏的馬偕史蹟。

下午王榮昌牧師導覽真理大學校園，國際詩人們穿梭綠茵綠蔭處處的美麗古蹟建築，回溯甜苦交揉歷史。

秋老虎發威，14：20詩人移動至擁有台灣第二大管風琴的真理大學大禮拜堂，聆賞開幕音樂會，承辦單位真理大學音樂應用學系，歌詞出自《福爾摩莎詩選2016淡水》。被譜曲者李魁賢〈淡水故居〉、利玉芳〈夢境猶新〉與〈殼牌故事館〉、陳明克〈小船〉與〈吹散的詩〉、楊淇竹〈渡

船〉、蔡榮勇〈山的眼睛〉、陳秀珍〈金色水岸〉。作曲家有陳茂萱、楊聰賢、蕭慶瑜、潘家琳、嚴琲玟、黎國鋒、莊效文。女高音有周美智、陳心瑩、林欣欣。鋼琴家有夏善慧、李偵慈。感謝台灣文學系蔡造珉主任，在經費拮据下把開幕式辦得有聲有色。

紅透半邊天的紅毛城是淡水地標、非看不可的歷史景點，也是環顧淡水最佳據點。女詩人Dalila身著摩洛哥傳統服飾即興朗詩，義大利詩人Angelo展現隨時現場演唱功力，詩人透過直播分享他們在紅毛城前，絕美的畫面。

出南門，漫步至海關碼頭，近黃昏，濛濛天空夕陽微弱。摩洛哥女詩人Dalila急於告訴我這裡讓她想起卡薩布蘭卡。日後Dalila只要身在卡薩布蘭卡，想必會憶起2017年初秋她在淡水海關碼頭遙想卡薩布蘭卡……

穿越斜坡上老街窄仄巷弄，沿階步入紅樓咖啡館晚餐。去年詩歌節曾來此被夕照晚霞震撼，此時剩夜景，雖燈海迷人，我仍偏愛日落淡海。

看似沉默的印度女詩人Bina，微笑溫柔地說她聽聞我是個很好的人與很好的女詩人。很好的女詩人是我的目標；至於很好的人這一點，我當然不能自我否認，台灣人就是情味濃厚，尤其對外國朋友。

晚餐後熱氣仍不散，詩人移步至中餐廳外廣場搖扇吟詩，黯淡燈光，朦朧詩人身影，突顯詩聲表情。

第三天2017.09.23（六）
新北投－北藝大藝術之旅

　　國內外詩人從捷運淡水站搭到溫泉鄉新北投，熱絡聊天中迅速抵達。在新北投站詩人兵分兩路，英文導覽外籍詩人，漢語導覽國內詩人，參訪了新北投火車站、經典綠建築圖書館、凱達格蘭博物館……。惜百年建築三級古蹟溫泉博物館正值整修，欲入無門。陽光極烈，詩人林鷺貼心給Dalila陽傘，想不到來自非洲的她說她愛太陽。自助式午餐在綠樹掩映的新民國中，感謝北投社大招待。

　　午後參訪斜坡上的台北藝術大學校園、戲劇院、音樂廳、戶外劇場……。校園居高臨下，是跨年觀賞101大樓煙火的熱門地點。

　　座談時間，學生發問，回應熱烈，尤其外國詩人，拿起麥克風即侃侃而談，絕無冷場。苦於時間有限，無法讓詩人盡情朗詩，座談結束於薄暮。至今印象較深的是學生問到詩如何介入現實、如何以詩改變世界、詩翻譯後是否維持原意……。隨即移師廣場，繼續詩意未盡的朗誦和歌唱。

　　晚餐於達文士餐廳，味蕾享用自助美食，眼睛貪戀窗外燈海美色。

第四天2017.09.24（日）
忠寮里桂花樹3號植樹－老梅社區－三芝

　　炎炎秋日上午，巴士滿載詩人進入草綠樹青鄉野，車停於節慶味特濃南管樂中，每聽聞此樂聲，即心生過年過節懷舊感。一下車，我立刻被一女子吸引，Dalila熱情擁抱女子，說女子服飾使她想起家鄉Berber族。後來才知她就是杜守正校長夫人——作家黃淑文。

　　忠寮社區，村民為詩人搭起遮陽棚，天熱，村人盛情更熱。據說，為迎接國際詩人，男女老幼全村出動，座上一位超過百齡健朗人瑞，尤其教人感動！ 長者說，平日若要見到這麼多國際詩人，不花上幾百萬看不到，今天能在這裡見到這麼多詩人真歡喜。

　　忠寮耆老和國內外各一位詩人代表在遭到雷擊枯掉的百年桂樹原地舉行復育桂樹儀式。

　　詩人從一面牆上取下自己照片簽上名字，在被分配的區域，種一棵以自己為名的桂花樹。詩人持圓鍬象徵性鏟土覆根、澆樹、為樹掛上附自己照片的名牌，摩洛哥女詩人Dalila甚至在樹旁朗詩給樹聽。通過儀式，感覺自己與樹有了生命連結。

　　種完樹，詩人移至另一更大帳篷，享用村人手做湯圓、草仔粿、桂花茶。Dalila不但吃湯圓，還特地留紅豆粿作為

翌晨早餐。外國詩人用筷子成功夾起湯圓，引發陣陣笑聲與掌聲。熱情村民期許明年詩人重返忠寮DIY湯圓、草仔粿，我希望明年可以來此印粿模！

義大利型男詩人歌手Angelo，眾望中即興演唱，發揮現場演唱功力，低調親切的紳士一接觸麥克風馬上電力十足，現場詩人隨歌聲搖臀起舞！演唱完，村婦村女一個個要求合照，因過於踴躍加上沒時間，最終只得大合照！

中午在地靈人傑、誕生諾貝爾文學獎候選人李魁賢老家石牆仔內享用可口的鄉土風味料理。

李氏高祖山石公，字維巖，清同治年監生，1871年建造此三合院時為防土匪盜亂，四周砌石牆，時人皆稱「石牆仔內李家」。圍牆外，昔類似護城河大壕溝，已被填土種滿植物。

面對大屯山群，綠蔭圍繞，陽光穿透長廊。李魁賢的創作看板，增添紅磚灰瓦老屋光環。庭院內童玩，引發外國詩人童心，有人跳房子、Dalila踩騎三輪車。

下午參觀老梅社區，聽說婦女還保留溝渠洗衣傳統。走過潔淨如天空的社區，據說人口多外移，巷道顯得過分寂靜。

烈日下漫步到海岸，老梅石槽乃全台唯一特殊景觀。此時石槽剩三分綠意，聽說四、五月海藻最盛最美。

海，引發無限詩想，借咖啡館居高臨海庭院，讓詩人朗

詩朗個過癮。國內詩人貼心禮讓遠來的國外詩人先朗一輪。

晚餐，感謝三芝區長招待！

第五天2017.09.25（一）
雲門詩會－十三行博物館－捷運詩展

行經一小段綠樹夾道馬路，到俯瞰台北盆地的雲門劇場，廣場朱銘白色雕像作品成為詩人搶合照對象。

詩人在長椅排排坐，輪流朗詩。天熱，但風在廣場暢行無阻。

再步行至鄰近的滬尾砲台。昔為士兵寢室、儲藏間、辦公室等的內層，目前對外開放，陳列淡水老照片以及與砲台相關史料。外層砲台上設有砲台數座，由此可鳥瞰淡水河。Khedija與Dalila在此仔細看展認真發問，突顯非洲女詩人好學精神。滬尾砲台也是一個現成露天劇場。

午餐在菜色可口的老淡水高爾夫球場老淡水餐廳。

下午驅車經關渡大橋到左岸十三行博物館。照例分漢英兩隊導覽。人手一冊手做筆記本，獲贈鑰匙圈紀念品。在夕照中離開博物館，怕塞車，無法讓詩人留下賞完日落。車上看夕陽，若即若離！

車經關渡大橋，開回淡水捷運站。途中含蓄的台灣團終於由歌后謝碧修領唱〈阮若打開心內的門窗〉，心窗打開，歌聲自然流暢！

趁天未黑，詩人在捷運站逛詩展，與自己的照片合影。

晚餐餐後的台灣甜點，讓英國詩人Agnes Meadows說：「我的嘴巴說Yes，我的屁股說No！」但我沒齒難忘在三芝晚餐後，她為了一塊超商的巧克力奮勇奔過馬路的鏡頭！

第六天9月26日（二）
竹圍工作室－龍山寺－閉幕式

步行一段美麗鄉村馬路，抵達竹圍工作室。辛苦的攝影師賀錦與顏志新還用摩托車往返數趟載一部分詩人。

印象深刻的是音樂樹——牆上置樂器，以防水患。樂器房雜而不亂，燈光物件無不令人讚歎。另一間房，我們被款待以好茶，除欣賞陶藝，一隻玻璃窗邊沐浴金陽的白豹雕像，流線型線條，逆光中豹變微微金黃，完全抓住我雙眼。

為與國際詩人交流，工作室準備充分，事先擬好數個議題。惜在三位藝術家分享後，已無時間。朗詩時間，Dalila邀我一起上台，她用阿拉伯語讀她的詩〈小時候〉，我為她朗讀李魁賢老師翻譯的中文版，再讀我回應她的詩〈夏娃〉。難忘的詩人心弦共振！

自助午餐在殼牌倉庫，詩人們對此詩歌節據點，已產生家的親切感，個個把握最後一天，在主視覺牆前搶著與人合照，歡樂氣氛中，顏志新大哥吉他聲中發生諸多趣事。

午後穿街走巷進入傳統市場參觀龍山寺，印度詩人對寺

廟特別好奇。

Khedija兩天前就一再追問何時可去購紀念品，想必這也是其他外國詩人共同問號。主辦單位給詩人三小時自由時間。

五點在榕堤排排坐。水岸老榕垂葉懸絲與風共舞，成為夕照前景，瞬息萬變夕陽晚霞成為詩人朗詩布景。

走向藝術工坊時，李魁賢老師身旁年輕人向我自我介紹：「外交部陳孝晟！」他因剛好路過榕堤，看到我們朗詩，覺得這詩歌節有趣有意義，想進一步了解，並希望與外國詩人認識。很高興多一位關心詩歌節的官方人士！

在藝術工坊玻璃寫詩，不同於紙上書寫，必須專注在立面玻璃一筆一畫運筆，詩人無不希望把詩句刻進讀者心。

如夢，閉幕式！

如去年，在藝術工坊告別晚宴暨閉幕，重感冒的淡水文化基金會董事長許慧明親臨頒發出席證書，外交部官員陳孝晟也參與頒贈。巫宗仁區長在頒證書及詩板予我時，低聲問我〈九月淡水〉是否新作，意外他會關注到拙作；想必是詩寫淡水，拉近與淡水人距離。

最後一夜，眾人力拱巨星Angelo獻唱，歌聲響起，眾人如癡如醉隨節奏搖擺起舞！

閉幕大合照，內心澎湃，感覺自己是此一大家族的一員。

無不散宴席，無唱不盡歌曲，與國外詩人擁別，英國Agnes暗中垂淚，我竟也……淚濕兩行！

第七天9月27日（三）
回首福爾摩莎國際詩歌節

詩歌節行程固然是吸引詩人的重點，更重要的是參與者。台灣的人情味濃到外國人畢生難忘，台灣人熱情熱到外國人永遠懷念，台灣美食讓外國人口齒留香。此次外國詩人所攜眷屬，投入詩歌節程度不下於詩人，使詩歌節更活潑有趣；兩位非洲女詩人入境隨俗，享受台灣庶民生活，令我印象深刻，不收門票的巨星Angelo當然是一大亮點！

六天行程中最有意義和印象深刻的是走入忠寮社區種樹、與村人互動。Ricardo很想把桂花苗帶回他家園栽種；在離開社區時，全村村民排在路邊向巴士內詩人揮手相送，那情節像極一齣微電影！因健康因素沒來的以色列女詩人Gabriella看了所有活動照片，很羨慕我們為淡水種桂樹！另一難忘的是Dalila在凌虛宮裡擲筊抽籤畫面。

已舉辦三屆的福爾摩莎國際詩歌節，應繼續發揚特色成為傳統，包括每屆詩歌節前出版《詩情海陸》與詩歌節後《福爾摩莎詩選》、為外國人翻譯個人或該國詩合輯、舉辦新書發表會、寫詩回應詩人的詩……。

今年詩歌節又豐收友誼，期待明年詩歌節帶來更多新朋友與驚喜！

2017.10.01

如山似水
——像山的企業家・似水的詩人Aminur Rahman

　　和Aminur Rahman有十多年交情的李魁賢老師，對
Aminur Rahman的簡介：「孟加拉詩人阿米紐・拉赫曼
（Aminur Rahman），1966年出生於孟加拉達卡，藥劑系畢
業。目前被認為是孟加拉在國外最著名的詩人，出版過六冊
孟加拉語詩集。其詩作被譯成超過25種語文，外譯詩集有英
文（4冊）、西班牙文（3冊）、德文、日文、蒙古文、阿拉
伯文和馬來文，以及漢語詩集《永久酪農場》（李魁賢譯，
秀威，2016年）。他也是著名作家和藝術評論家，出版三本
散文集。譯書甚多，出版10本譯詩集，編過幾份詩刊和詩
集，包含南亞區域合作聯盟（SAARC）詩選，還有短篇小
說集。 他應邀參加各種國際藝文慶典、大學和文化會議。
榮獲成吉思汗金牌獎（2006年）、蒙古天馬獎（2015年）、
馬來西亞Numera 世界文學獎（2016年）。」

2016年1月29日，由被提名三次諾貝爾文學獎的名詩人李魁賢老師領軍前往孟加拉，參加第二屆卡塔克詩人高峰會。魁賢老師是此次卡塔克獎得獎者之一。飛往孟加拉途中，聽魁賢老師說起他和Aminur Rahman的結緣：「2005年我策劃高雄世界詩人節時，邀請到傑出的孟加拉年輕詩人阿米紐‧拉赫曼。跟阿米紐特別有緣分，高雄世界詩人節後，接連於2006年在蒙古烏蘭巴托和2007年印度青奈，同席參加世界詩人會議，2010年他編譯孟加拉語《世界當代十大詩人選集》（Contemporary Top 10 Poets of the World, Adorn Publication, Dhaka），把我列入。」

　　故事中的主角現身機場，到達卡機場接機的Aminur Rahman已呈熟男外型，有穩重體格與性格。率性、明快、果決是第一印象，連他為我們聘請的導遊都具有這種犀利卻溫暖的特質。往後數日相處，他細膩、無微不至的照料，更讓我們一行「外國人」賓至如歸，很有安全感。在卡塔克詩人高峰會期間，就算達卡塞車塞到整條馬路變成停車場，Aminur Rahman照樣會在他承諾的時間準時出現，不知他是如何把時間掌控得如此神準，或許這就是成功企業家該具備的特質！

　　Aminur Rahman事業有成之餘，獨力出錢出力主辦卡塔克國際詩人高峰會、頒授卡塔克文學獎，為孟加拉搭起國際詩交流的橋梁。他還一手寫詩、一手畫圖，成果展現在他的

詩畫集。此外，聽說他也很有音樂細胞，會彈吉他。

為期一周的詩人高峰會愉悅而圓滿。我認為詩會成效應該展現在三方面：詩的創作、詩的互譯、友誼的建立。以此檢驗此次高峰會，成效令人滿意。詩創作方面，詩會之後與會成員共有數十首以詩會為題材的詩作；詩的互譯方面，魁賢老師2016年邀請阿米紐出席淡水福爾摩莎國際詩歌節，特別為他翻譯出版漢英雙語詩集《永久酪農場》（Perpetual Dairy）（秀威），並且合作編譯完成《孟加拉詩百首》（100 Poems from Bangladesh），預定2017年可出版。阿米紐則將魁賢老師詩集《黃昏時刻》選譯30首為孟加拉文出版，是繼華文、英文、蒙古文、俄羅斯文、羅馬尼亞文、西班牙文、法文、韓文後的第九種語文版。

詩會後，詩人仍保持聯繫及大量互譯詩集。

自達卡返台後，不斷從臉書看到Aminur Rahman忙著飛到世界各地參加詩歌節，我則持續在臉書發表近二十首〈孟加拉詩抄〉及其他題材的華語詩作，Aminur Rahman竟然都會追蹤，並不吝給予鼓勵。Aminur Rahman曾說：「世界一端的詩人寫作，會與另一端的愛詩人互動。詩的力量超乎一切，而觸動內心歸一。」

我也因此更加注意詩語言能否禁得起翻譯的考驗。為了讓外國詩人讀懂我的詩，我會選擇簡潔精確的語言，詩不在長，意象、意義則要求飽滿。

詩人間的交遊，常常是以詩會友。我對詩人Aminur Rahman回應過兩首詩，第一首回應他在詩會上用他的孟加拉母語朗讀我的詩：〈朗讀詩歌2——在孟加拉國家博物館〉。

我用華語朗讀我的詩〈夜讀〉：
　　　　無字的
　　　　詩
　　　　密密麻麻甜膩膩的你的
　　　　名字

詩篇結束
心卻留下

下台瞬間
被詩人阿米紐・喇曼叫住
他用孟加拉母語朗讀我的詩
我的詩一句一句
發出奇異的孟加拉語音

借磁性男性聲帶
演繹台灣女性的感性

我的歡喜與哀愁交響

在孟加拉語不眠的韻律裡

今夜

我想把我的名字

留在你的〈夜讀〉裡

註：阿米紐喇曼（Aminur Rahman），此高峰會主辦者。

　　另一首〈永久地址〉是回應Aminur Rahman的〈盈月夜〉：

盈月夜（Full Moon Night）

我帶來沙漠的愛

我帶來海洋的愛

我帶來山脈的愛

我也帶來我的愛！

我要貼哪一個地址！

月、夢、無盡時間，何處！

妳屬於哪個地址！

東、西、南、北，何處！

太重帶不動
加上音樂更重
加上回憶更重
加上欲望更重
我要貼哪一個地址！
我曾向廣大綠地詢問妳的地址！

我曾向白雪詢問妳的地址！
我曾向瀑布詢問妳的地址！
無人知道妳的地址！
我把全部愛保留在天空
以閃爍的群星圍繞
就在月亮旁邊！

盈月夜妳在此可找到這些！
當妳聽到河流的音樂
當妳聞到玫瑰的香味
當妳感到臉上的微風
盈月夜妳可以擁有這些！

永久地址——詩與你同在16

我曾向廣大綠地詢問妳的地址！
我曾向白雪詢問妳的地址！
我曾向瀑布詢問妳的地址！
無人知道妳的地址！
——*"Full Moon Night"* by Aminur Rahman（孟加拉）

在流浪中
尋求一個永久地址

一縷花香
可有不變的地址？
一滴河水
可有永久的流域？
一片浮雲
可有永恆的天空？

在無盡流浪後
一滴淚
滋潤腳下鄉土
終於找到永久地址

流浪的愛情

需不需要尋找一個永久地址？

　　恭喜Aminur Rahman漢英雙語詩集《永久酪農場》
（Perpetual Dairy），由秀威出版。也歡迎他來淡水參加第
二屆福爾摩莎國際詩歌節，希望淡水的好山好水讓他留下雋
永詩篇。

（2016.09.05台灣時報21「台灣文學」專欄）

淡水詩情──陳秀珍詩集

讀詩人114　PG1735

 淡水詩情
　　——陳秀珍詩集

作　　者	陳秀珍
責任編輯	徐佑驊
圖文排版	周妤靜
封面設計	葉力安

出版策劃　釀出版
製作發行　秀威資訊科技股份有限公司
　　　　　114 台北市內湖區瑞光路76巷65號1樓
　　　　　電話：+886-2-2796-3638　傳真：+886-2-2796-1377
　　　　　服務信箱：service@showwe.com.tw
　　　　　http://www.showwe.com.tw
郵政劃撥　19563868　戶名：秀威資訊科技股份有限公司
展售門市　國家書店【松江門市】
　　　　　104 台北市中山區松江路209號1樓
　　　　　電話：+886-2-2518-0207　傳真：+886-2-2518-0778
網路訂購　秀威網路書店：https://store.showwe.tw
　　　　　國家網路書店：https://www.govbooks.com.tw
法律顧問　毛國樑　律師
總 經 銷　聯合發行股份有限公司
　　　　　231新北市新店區寶橋路235巷6弄6號4F
　　　　　電話：+886-2-2917-8022　傳真：+886-2-2915-6275

出版日期　2018年6月　BOD一版
定　　價　280元

國家圖書館出版品預行編目

淡水詩情：陳秀珍詩集 / 陳秀珍著. -- 一版. --
臺北市：釀出版, 2018.06
　面；　公分. -- (讀詩人；114)
BOD版
ISBN 978-986-445-256-9(平裝)

851.486　　　　　　　　　　　107005609

讀 者 回 函 卡

感謝您購買本書，為提升服務品質，請填妥以下資料，將讀者回函卡直接寄回或傳真本公司，收到您的寶貴意見後，我們會收藏記錄及檢討，謝謝！
如您需要了解本公司最新出版書目、購書優惠或企劃活動，歡迎您上網查詢或下載相關資料：http:// www.showwe.com.tw

您購買的書名：_____

出生日期：_____年_____月_____日

學歷：□高中 (含) 以下　　□大專　　□研究所 (含) 以上

職業：□製造業　□金融業　□資訊業　□軍警　□傳播業　□自由業
　　　□服務業　□公務員　□教職　　□學生　□家管　□其它_____

購書地點：□網路書店　□實體書店　□書展　□郵購　□贈閱　□其他

您從何得知本書的消息？

　□網路書店　□實體書店　□網路搜尋　□電子報　□書訊　□雜誌
　□傳播媒體　□親友推薦　□網站推薦　□部落格　□其他_____

您對本書的評價：(請填代號 1.非常滿意 2.滿意 3.尚可 4.再改進)

　封面設計____ 版面編排____ 內容____ 文／譯筆____ 價格____

讀完書後您覺得：

　□很有收穫　□有收穫　□收穫不多　□沒收穫

對我們的建議：_____

_____

_____

_____

11466
台北市內湖區瑞光路 76 巷 65 號 1 樓

秀威資訊科技股份有限公司　　　收

BOD 數位出版事業部

....

（請沿線對折寄回，謝謝！）

姓　　名：_____　年齡：_____　性別：□女　□男

郵遞區號：□□□□□

地　　址：_____

聯絡電話：(日) _____　(夜) _____

E-mail：_____